青空の雲をつかんでみたら

斎藤啓子

かまくら春秋社

青空の雲をつかんでみたら

装丁／中村　聡
カバー・本文イラスト／田阪リカ

も・く・じ

あってよかった公衆電話

そろそろ駅に着くから、お母さんに連絡しなくっちゃ。え～っと、携帯携帯っと。ん?どこに入れた?　そう大きくもない鞄の中を、ごそごそ、ごそごそ。うわ～しまった。忘れちゃったみたい。

私が二十歳を超えるまで、電話を持ち運ぶなんて考えもしなかった。父からは「門限ギリギリになるときには、必ず公衆電話から電話すること」と言われ、大量のテレフォンカードを持たされていた。今もその時の残りのカードがお財布に入っているくらいだ。

携帯を持つという事に慣れてしまった今では、携帯無しで外出なんて考えられない。待ち合わせだって、時間と大体の場所を決めるだけで、「なんかあったら携帯に連絡して」が常套句。だから、一たび忘れてしまうと大変なことになる。忘れるだけでなく、充電が切れたときも、である。そんな時、普段はあまり気にも留めないけれど、突如と燦然と輝いて見える一角がある。そう、公衆電話だ。もう本当にありがたい存在！

ところが、最近携帯電話の普及でどんどん撤去されてしまっている。これ、実はゆゆしき問題。私は、阪神淡路大震災の時、公衆電話から自分の安否を両親に知らせることができた。いざという時に本当に大切なのだ。

さてと、公衆電話はどこかな。散々歩き回ってようやく発見。テレカを握りしめて公衆電話に突進！「お母さん、今どこ～！携帯忘れちゃった～」。

あんこの魅力

昨今、どうも「あんこ」ブームらしい。先日テレビで見たあるアナウンサーは、あんこが大好きで冷蔵庫の中があんこだらけ。レトルトパックに缶詰、真空パック。しかも、こしあん・粒あん各種取り揃え。二十種はくだらないという。実に壮観な冷蔵庫である。

そういえば、街中の各店舗で和菓子の売れ筋を見てみると、例えばお団子も以前は「みたらし」が早く売り切れていたのに、今は「あん団子」のほうが早く売り切れているようだ。そんなにいいか？あんこ。フム、これは検証してみなければ。一緒に買い物に行った息子の「どうせママが食べたいだけなんだよね」という冷たい視線をものともせず、私はバンバン買い物かごに入れていった。

帰ってから、買ったものを並べてみるとあるわあるわ。高かったわけよね。あれ？

これってあんこ?そのパックには「ぜんざい」と書いてある。よく見て買わなかったわ。器に開けてみるとサラサラのシロップの中に小豆が浮いている。ぜんざいって潰しあんこじゃなかったっけ? おっと難しいことは考えず、おいしさを味わおう。焼いたお餅に掛けて食べると、なんだかほっと温かい気持ちになって、しみじみ「日本の味よね」と思ってしまう。あんは、ごてごていろんな材料で作ったものではなく、小豆・砂糖とほんの少しの塩。シンプルイズベスト。それが食べるものの心を捉えて離さない、日本の味なのだ。

シャラシャラシャラ……

小さな頃から幼稚園の先生に憧れていた私は、初志貫徹、幼児教育を専攻し、幼稚園教諭の免状をとった。その勉強中にある教授から、「どんな虫を見ても、きゃぁきゃぁ騒がないこと。子どもが持ってきた虫がどんなに嫌でも、絶対に嫌と言わないこと」と教わった。その心は、先生が嫌うと子どもも嫌いになってしまうから、なんだそう。私は死骸は苦手だけれど、毒を持っているとかよっぽどの事がない限り街中にいそうな虫たちは平気なほうだ。

あえて街中といったのは、以前夏に高野山の宿坊に泊まった時の事。夜、窓の大きな共用トイレのドアを開けたら、その大きな窓にバーン！と大きな物体が！　モスラの子どもかと見紛うほどの、大きな見たこともない蛾のような虫が網戸にへばりついていたのだ。網戸を開けなければ絶対入ってくることはないとわかっていたけれど、驚きとあまりの気持ち悪さに、トイレもそこそこに部屋に戻った覚えがあるからだ。

ところが先日、夜中自宅で廊下を歩いていると「シャラシャラシャラ……」と音がする。最初は地震で窓ガラスが鳴っているのかと思ったが、どうも違う。生き物の気配。ゴキブリ?!ではない。何この音! 正体は、なんとムカデが新聞紙の上を歩く音。毒ある!足いっぱいある! 夜中だから叫ばなかったけれど、百年の恋も冷めるような必死の形相で、ムカデを外に放り出したことは言うまでもない。

たっぷん水腹だ！

「あ〜もうお腹ガボガボ！」

ある日の夕方、私はたっぷんたっぷんになったお腹を抱えて苦しんでいた。念の為に言っておくが、(名誉のために⁈) 決してお腹周りの脂肪の事ではない。あくまでも《水腹》だという事だ。

私はここ数か月、テレビの健康番組の影響で、毎日二杯のコーヒーを飲んでいる。なんでも《美白》にいいんだそうだ。昔はカフェインが多いから沢山飲まないほうがいいなどと言われていたようだが、実際カフェインの量だけで見てみれば、紅茶のほうが多いし、カップ二杯ならと思って実践している。

そこへ、知り合いのおば様から「頑張っている啓子ちゃんの疲れが取れるように」と、沢山の栄養ドリンクが届いた。〝もろみ酢〟と〝黒豆酵素〟で、どちらも希釈タイプのもの。ふむふむ、もろみ酢も酵素もダイエットに良いと聞いたことがあるし、疲労にも効くなら一石二鳥！　健康オタクの気がある私には、嬉しい贈り物だった。と、それからしばらくして、私が咳をしていたら、母が「咳にはかりんシロップが効くのよ」と言って、かりんシロップを飲むように出してきてくれた。おっ！先人の知恵だね、ありがとうお母さん。それにしても、コーヒーにお酢、酵素にかりんシロップ。結構な量を飲むことになったな……。トイレが近くなりそう。そう思いながら継続は力なりと続けていたら、父のためにと高麗人参が送られてきて、それを煎じたものもちょっとお味見。これ以上はもう無理！と思っていたら、トドメのように気になる情報が。「骨粗鬆症には紅茶がいいらしい」。前出のおば様のお手紙と共に、大量の紅茶パックが私の所にやってきた。実際調べてみると、紅茶には破骨細胞を抑制する成分があるという。女性としては見逃せないなあ……。こうして、コーヒー・紅茶は毎日。時々もろみ酢と酵素にかりんシロップと高麗人参。そりゃお腹がたっぷんたっぷんになるわけだ。けれど、結局何がどう効くのか、本当のところは謎だらけなのであった。

my
shot
I

光を浴びて……。
咲く喜び。

たまごサンドのお味は？

小さい頃の、遠足や運動会に持って行くお弁当は、いつものお弁当と違って特別感があるので、お昼になるのが楽しみでならなかった。中でも、母の作るサンドイッチは、私の大好きな一品だ。

具は、きゅうりとシーチキン、コンビーフと玉ねぎ、そしてたまご。私の中で三大美味具材である。きゅうりとシーチキンは、うまくやらないと水分が出てべちゃっとなってしまうのが玉にキズ。でも、きゅうりのシャキシャキ感がいいアクセントで、シーチキン好きの私としては外せない具材だ。コンビーフとみじん切りした玉ねぎは、まさにベストコンビ！　私はお肉が食べられないのだが、なぜかコンビーフは食べられる。肉の持つ味が、様々な香辛料で緩和されているからだろうか。コンビーフの塩味と、みじん切りの玉ねぎの辛みがちょっと大人の雰囲気で、たまらなくおいしい。

たまごは、サンドイッチの中でもたまごが特に好きという母のこだわりで、刻んだゆでたまごにマヨネーズ、そしてなんと溶かしバターにレモン汁。アメリカ仕込みのレシピらしい。なんとまあ、生活習慣病まっしぐらのレシピなんだか！

今は、どうやらたまごサンドブームらしく、だし巻たまごサンドやスライスしたゆでたまごを並べてソースをかけたものなどその品数の豊富さったら！でも結局私が選ぶのは、おふくろの味ともいうべきたまごサンドなのである。

チョココロネ！

パン屋さんに行くと、大体あるメロンパンにチョココロネ。昔ながらの商店街にあるような古いお店にも、新しくできた「ブラッスリー」とか店名につく、こじゃれたお店にもおいてある、みんなのお気に入り、人気商品だ。

ここで気になるのが、その食べ方。メロンパンは円形だから、まあそんなに迷うことなく「ガブッ」とかぶりつくか、一口ずつちぎっておしとやかに食べるかくらいの違いだろう。けれど、問題がこれよ、チョココロネ。お尻から食べるか、頭から食べるか、それが問題だとシェイクスピアのハムレットよろしく、チョココロネを前に思案する。

私は断然お尻派。最後の一口にチョコクリームが無いのは悲しいので、まずは、クリームの無いお尻の部分を一口分ちぎって、頭の部分に見えているチョコクリームを掬い取るようにしてつけてから、お口の中へ。う～ん、デリシャス！　それからおもむろにちぎったほうから食べていく。そうして最後は一番クリームたっぷりの部分をパクリ！至福の一口だ。もちろん、この食べ方とは逆からいく方もいらっしゃるだろう。この問題、Eテレの某番組で、歌になっているくらい悩ましい。

昨年の夏、夏休み限定として「やどかりパン」を売り出したところがあった。見ればコロネに顔とはさみがついている。かわいくて思わず購入したけれど……。いつも通りの食べ方で、顔を掬い取る気にはなれなかった。

つう〜ん・キーン！

「はぁ〜きたきたぁ！」

鼻の奥から脳天につう〜んと抜ける例のあの感覚。涙を流しても食べたい緑色のすごいやつが、この刺激を運んでくる。

そう、わさび。私は、わさびが好き。おいしい手打ちそばは、わさびと少しのお塩をかけると、甘みが出て、つゆで食べるのとはまた違ったおいしさを感じることができる。もちろんお寿司にも必要不可欠！　巻物やおいなりさんなどにもつけて食べることがあるくらいだ。あるいなり専門店で、わさびいなりを見つけたときは、飛びついて買ってしまった。これは、茎わさびを調味液に漬けこんだものを、細かく刻んで酢飯に混ぜ込んである。練りわさびとはまた一味違ったつう〜ん感だ。

この独特のつう〜ん感がたまらなくいいのだが、ものによっては涙がぼろぼろ出てしまうことがある。そんなときはこの方法。鼻から息を吸って、口から吐く。簡単なことだがこれで涙ぐむ程度で済むのだ。以前テレビでやっていた方法で、なかなかの優れものとわかってからは、スーハースーハーしながら食べている。

もう一つ、脳天にキーン！とくるものがある。暑い時期に大活躍のかき氷やアイスクリーム。これ、ガッツリ食べるといわゆる「アイスクリーム頭痛」になる。あのキーン！には、しばし動きをとめられてしまうのだ。息子の豆知識曰く「喉の痛覚と脳がつながっているから、喉が急激に冷やされると痛いと脳が感じるんだって。だから、口ですぐ溶けてしまう天然氷は喉が冷えないから、アイスクリーム頭痛にはならないんだよ」だそうだ。確かに軽井沢の、天然氷を使ったかき氷屋さんで食べたときは、ガツガツ・サクサク食べられた。と、横から母がこんなことを。

「年を取ると痛覚が鈍くなるみたいで、アイスクリーム頭痛にならないらしいわよ」

そうなのか?!　まさかのバロメーター？　それならこの夏、こっそり試してみなければ！

やどかりカレーって?!

皆さんは、やどかりカレーってご存知だろうか？　私は、最近ニュースで知ったのだが。

そのニュースのタイトルは『やどかりカレーって』。一日三食カレーでも平気なカレー好きの私は、やどかり？ あの殻を自分の大きさに合わせて取り替えていく、あのやどかりを食べるの？ と興味津々でテレビの前に座った。やどかりカレーなんて食べたことないし、学校の生物部で、将来食料難になった時のために、とか言ってザリガニをおいしく食べる方法など、いろいろ研究している息子との話題として、格好の題材とワクワクしていた。

ところが、見ていくうちにどうも話が違う。やどかりカレーって、やどかりが入っているカレーじゃないの？ そう！ 違ったのだ。『やどかりカレー』とは、バーなどの夜しか営業していない店舗を、昼間だけ借りてランチ営業するお店の事だったのだ。店舗を間借りするわけだから、最小限の道具で営業することから「カレー」を出すところが多いらしい。そして「宿を借りる」→「やどかり」とネーミングされたようだ。どのお店も個性的なカレーで、おいしそうだったけれど、なあんだ、ちょっと残念。やどかりの入ったカレーを食べてみたかったのに……。って、そもそもやどかりは食べられるのか？ ちょっとちょっと、息子よ、教えておくれ。すると、さらっと「もう食べてるじゃん。お母さんの好きなやつだよ」。ナヌ？ 「タラバガニはやどかり下目で、やどかりの仲間だよ」。そうだったのか〜！

我が家のオカヤドカリ「佐藤くん」
もちろん食べません！

ゆずに感謝

ゆずの旬は十月から十二月だという。夏ごろに収穫した青い実は「ゆず胡椒」などの保存系調味料に変身する。黄色い実はと言えば、ケーキにジャム・ゆず味噌・お浸しのアクセントとその爽やかな風味を生かして守備範囲が広い。余談だが、今ではすっかり九州の名産になった感のある「ゆず胡椒」は、決してゆずの胡椒漬けではない。主な原材料はゆずに塩、そして唐辛子である。要するに、ゆずの唐辛子漬け。それを知らなかった私は、てっきりゆずを黒胡椒に漬けこんだものだと思っていた。九州の古い方言で、唐辛子のことを『こしょう』というらしい。まだご存じでなかった方、ガッツリ食べないように！あくまで調味料。ガッツリいったら、口から火を噴く

こと間違いなし。

さて、そのゆず。我が家の庭にも一本木があって、ありがたいことに毎年たくさんの実をつけてくれる。十月の始め、まだ青い時分はその若々しい酸味を楽しむべく、焼き魚にぎゅわっとひとかけ。魚の油をスッと和らげてくれる。もう少したって黄色くなってきた頃は、使いたい放題！サイダーに絞りいれて飲めば、甘さスッキリゆずサイダーに。醤油に入れて生ポン酢に。無農薬なので、皮をしっかり洗って輪切りにしてはちみつに漬けこめばゆずシロップになる。お正月には完熟になって、ゆず釜も上手に作ることができた。それでも余った時は、遊びに来たお子さんのために即席ゆず農園を開き、ゆずもぎ体験をしたことがある。これが結構好評で、ゆずの木にはとげがあることも覚えてくれたし、葉っぱの上を虫たちが歩いた痕跡を見つけて大喜び。親は実をもらえるおまけつき。

そして、一月から二月ごろの最後まで残った実は、すっかり甘くなって、鳥たちのご飯になる。こうして、みんなのために一年かけて働いたゆずの木に、「ありがとう」の感謝の気持ちを込めながら、栄養たっぷりの肥料をあげるのだ……。

my shot Ⅱ

大きく一つの花だと思ったでしょう？
見てください、この私を。

愛しのぎょぴちゃん

「うっわ〜！こんなことってあるんだ。すごいな〜」私は我が家の水槽をまじまじと覗き込んで、思わず声をあげてしまった。私に声をあげさせた張本人は金魚。その名もぎょぴちゃん。息子が数年前に、夏祭りの金魚すくいでもらってきた和金だ。

普通和金といえば体長が数センチのかわいい金魚が思い浮かぶ。けれど目の前のぎょぴちゃんは体長約十八センチ。でかい。元のサイズが思い出せないほどだ。私も小さいころから幾度となく金魚すくいをして、大喜びで持ち帰り、そのたびに悲しい思いをしてきた。もってせいぜい二日、そうでなければ次の日の朝起きると旅立ってしまっているのだ。今考えれば当たり前なんだけれど。だって、酸素も入れて無ければ、入れた容器は洗面器だったりお菓子の空き瓶だったりして、金魚にとっては劣悪な環境。その反省もあって、息子と金魚すくいをしたときは、飼育の本を買ったりしてできるだけ環境を整えてみた。けれど、多少長生きしてくれるくらい。

そして何度目かの夏祭りの夜、ぎょぴちゃんは我が家にやってきた。なんとか一年たって長生き№1！と喜んでいたら、松かさ病とやらに罹ってしまった。毎日「頑張れ」と声をかけ、薬浴が効いたのか復活！そして育ちに育って現在約十八センチとなったわけだ。ここまで来ると、なんとしても長生きしてほしい。ただ、今ですら六十センチ水槽。その上は九十センチ水槽。私の部屋が占領される日も近い……。

運動会・バンザイ！

学校の運動会の花形といえば、応援団長・騎馬戦の大将・今では実施する学校が少なくなってきた、組体操のピラミッドの頂点といろいろあるけれど、なんといってもリレーの選手ではないだろうか。

子どもたちが、きりりとはちまきを締めてザッとグラウンドに走りこんでくる姿は、なんとも見ていて気持ちがいい。そして、スタート位置に並んだ時のピストルが鳴るまでの緊張感。思わずこちらもぐっとこぶしを握りこんでしまう。スタートを切ると同時に、知らない他学年のお子さんであっても、「がんばれ！」と応援合戦だ。この順位で全体の勝敗が決まってしまう場合があるから、親も子どもも真剣だ。

この夏、世界選手権で日本が四〇〇メートルリレーの銅メダルを取った。その模様はテレビで何度も放送し、結果が分かっているというのに画面にくぎ付け！「走れー！」と盛り上がってしまう。この時の解説で、「日本は小さな時から、学校でバトンパスの練習をするので、バトンパスが身についているんです」というような内容のものがあった。確かにやったやった、やりましたよバトンパスの練習を。運動会前になると、リレーの選手に選ばれた子からそうでない子まで一列に並んでひたすら伝言ゲームのようにバトンを渡していく。慣れてくると、少し走りながらバトンゾーンでの受け渡しの練習。そうか、あれが今の日本の強さの下地になっているのか。

そういえば、地域の自治体が主催の「健民祭」という名の運動会でも、我が町内会はリレーが速いとかで、子ども会の親が中心になってグラウンドを借りて、子どもたちにリレーの練習をさせた覚えがある。バトンはラップの芯。陸上経験のある親がコーチで、何度も受け渡しの練習をやった。一人一人が速いのは当たり前。そこに息の合ったチームプレーができるかが胆。日本の独自の文化なのかもしれない。

駅伝を見ると……

私の性格は、何かをコツコツやるのではなく、一発バーンと勝負というタイプだ。だから、体育の授業は好きだったけれど、長距離走より短距離走のほうが好き。持久走の時期なんて恐怖以外の何物でもなかった。

「そろそろ持久走の季節だなあ！練習を兼ねて今日から授業終わりにグラウンド十周な」

はあ?! 先生、そんなにグラウンド周ったら、目を回しますよ、ぶっ倒れますよ〜！という叫びもむなしく、みんなに混じって走ることになる。速い子はさっさと終わるし、私みたいな子はだらだらと最後のほうで団子になって走り「先生鬼だわ」とか「見学すりゃ良かった」とかぶちぶち文句言いたい放題。今考えれば、どうせやらなくちゃいけないんだから、さっさとやればよかったのにね。

もちろん、大人になった今でもやっぱり苦手。だから、今のマラソン人気には乗れないなあ。皇居の周りをコツコツ走っていらっしゃる方を見ると、尊敬してしまう。

でも、テレビ中継を見るのは、結構好きだ。個人が走るフルマラソンも駆け引きがあって面白いけれど、私は駅伝が好き。特に全国の都道府県対抗の駅伝は、自分の思い入れのある県を応援できるので面白い。男子は広島で開催され、高校生→中学生→社会人・大学生の順でたすきを渡していく。自分の息子と同年代の子が走れば「走れ〜！そこだ〜！」と叫び、中学生が走れば「ほらしっかり」とタオルを握りしめる。社会人や大学生には「遅れを取り戻せ〜」と檄を飛ばす。それぞれの立場に立って応援できるのが面白い。そして、順位が乱高下するのもこの駅伝の特徴だと思う。ちょっと目を離した隙に、高校生が激走！ごぼう抜きして順位が十位くらい上がっていたとか、逆に体が辛くなって次々に抜かれてしまうとか、とにかく目が離せない。でも何よりチームワーク。年齢も練習地もばらばらな人たちが監督を軸に一丸となって走る。今を生きる私たちが、一番感じ取らなくてはいけないことかもしれない。

我が家のクイズ王

新聞のテレビ欄を見てみると、ここのところ毎日のようにどこかのチャンネルでクイズ番組をやっている。バラエティ番組の分布が、「クイズ」「健康」「生活の知恵」といったところだろうか。

食後のひとときは、家族で大体テレビを見るのだが、今までは家族の年齢を反映してか健康ものを見ることが多かった。けれど、ここにきて、クイズ好きの血がざわざわ!!クイズ番組をつけて、テレビの中の解答者よりも、家族の誰よりも早く答えを出そうとみんなで競い合っている。テレビの解答者より早くなんてほとんど無理に決まっているけれど、私の場合息子より早くとばかりに頭フル活動！ほんと、消化に悪い。

昔から我が家はクイズとか謎解きものが大好きで、家族旅行の列車での移動時間には、なぞなぞ本やクイズ本、受験期には漢字の読みテキストなどを持ち込んで、みんなで解きあった。解きあったといっても、一番小さな私はみそっかすで、なんでもわかってしまう父は出題者。もっぱら兄が答えてそれに母が加わるといった感じ。私はそれが悔しくて、「いつか絶対答えてやる」とむきになっていたものだ。

しかし、その溝が縮まりそうな頃には、家族旅行にもあまり行かなくなってしまって、私は結局みそっかすのまま。だから、息子には負けたくないと頑張る、この大人げなさ。

知識の量は負けなかったとしても、それがパッと出てこないのが致命的。息子はどんどん吸収する上に、するするんと答える。かたや錆びついた引き出しなら、若さは桐の箪笥。お分かりだろうか。そう、上の引き出しに入ってない答えは、上をしまえば必然的に下の引き出しが飛び出してきて答えが見つかるのだ。なんとも羨ましい。

最後に、家族三人答えられなかった漢字を父がさらっと読んで、大尊敬することになった漢字をご披露しよう。『海狸』さあ、あなたは読めるかな？　答えは92ページに。

甘酒ワールド！

〝甘酒〟といえば、冬。それもうんと寒い日に、しょうがのピリッと効いた甘くて熱々の甘酒を、ふうふうしながら飲む、そんなイメージを持っていた。実際、以前厄払いか何かで鶴岡八幡宮に行ったとき、特設テントの所で甘酒を販売していて、冷えた体をその熱々の甘酒で温めた覚えがある。

けれども、本当は「夏に甘酒！」なんだそうだ。甘酒は酒粕から作られたものと、米麹から作られたものと二種類あり、米麹から作られたものは特に「飲む点滴」といわれるくらい、滋養があるらしい。ちょっと調べてみると、江戸時代には〝甘酒売り〟という職業があって、夏になると「甘酒〜甘酒〜」と売り歩いていたそうだ。その様子は、なんと落語の小噺になっているくらい！　しかも、〝甘酒〟は夏の季語だと知って、これまたびっくり！はぁ〜知らなかった！

去年から今年にかけて、デパートやスーパーで、〝甘酒〟を見かけるようになった。それも、米麹から作られた製品。やはり売り文句は「飲む点滴」。酒粕から作られたものと違って、ノンアルコールだから大人から子どもまで一緒に飲めるところがいい。我が家でもあれやこれや、少しずついろんなメーカーを飲み比べて栄養ドリンク代わりに。

これ、本当にそれぞれ味が違う。どれもお砂糖を入れていない自然の甘さであるのに、すごく甘く感じるものや、さっぱりとした甘さのもの。甘いご飯を食べているように感じる、麹のしっかりしたものや、麹が砕けたようになって少しトロンとしたものなど、個性豊かだ。

先日知人から、味噌や醤油の醸造元が出している甘酒をいただいた。お礼のメールを送ると、「親よりも先に倒れたら、話になりませんからね」と返信が。全くその通り。この季節、老いも若きも夏の疲れが出てくる頃だ。江戸時代からの知恵をみんなでいただいて、残暑を乗り切ろう！

?

クイズ超難問①

なんの花でしょう。・・・正解は117ページ

機能は最高！でも……。

私は時々、みんながびっくりするようなものを欲しがることがある。でも、それは大概何かの役に立つ品物で、無駄な買い物では無い……と自分では思っているのだが。ネットショップを探せば、大体なんでも手に入る。なんと便利な世の中になったもんだ。

例えば、初級編。年を取ると暑さを感じなくなると聞いて、部屋置きタイプの「デジタル熱中症指数計」と「携帯型熱中症計」を買い、けれどこれでは親は絶対表示を見ないと思った私は、猫型の喋る機能の付いた温室計を購入。時間ごとや熱中症の危険度に応じて教えてくれる優れもので、勝手に「暑いにゃ～、温度下げるにゃ」などと喋って教えてくれるところがポイントだ。これが結構可愛くて母には好評だったのだが、考えてみれば、もう秋にはお役御免だわ……。

中級編は、道の距離を測るもの。父がどのくらいの距離を散歩しているか知りたくて、思いついたのが土木のおじさんたちが道路でコロコロ転がしている、ステッキのような計測器。ネットで調べてみると、ほらあった！「ロードカウンター」とか「ウォーキングメジャー」とかいうらしい。これまたお手頃価格で販売中、喜び勇んでマウスをクリック！　届いてすぐにあっちをコロコロ、こっちをコロコロ。必要のないところまで測り歩いた。

そして、上級編。その名も「ブロワバキューム」。この名前を聞いて品物を思い描けたあなたは、ガーデニング上級者！　以前から草刈りや公園の手入れをしている土木のおじさんを見るたびに、彼らが手にしている枯葉などを処理する掃除機みたいなものが欲しくてたまらなかった。そして今年、ついに買うことを決意。これまたお手頃価格品をネットで見つけて即クリック！「吹き飛ばす・吸い込む・粉砕する」の豪華機能付き！　もうワクワクしながら届くのを待った。と、ある日外出から帰るととてつもなく大きな箱が。えっ?!こんなに大きいの?しまった!サイズ確認しなかった。安いから小さいと思っちゃったよ！「ねえ、ママ、ホームセンター行ったら、もっと小さいの売ってるよ。これ業務用じゃない？」そうだね、息子。ママは明日から土木系のアルバイトを探すことにするわ。

『土木の皆様、格安にて貸出しいたします。』

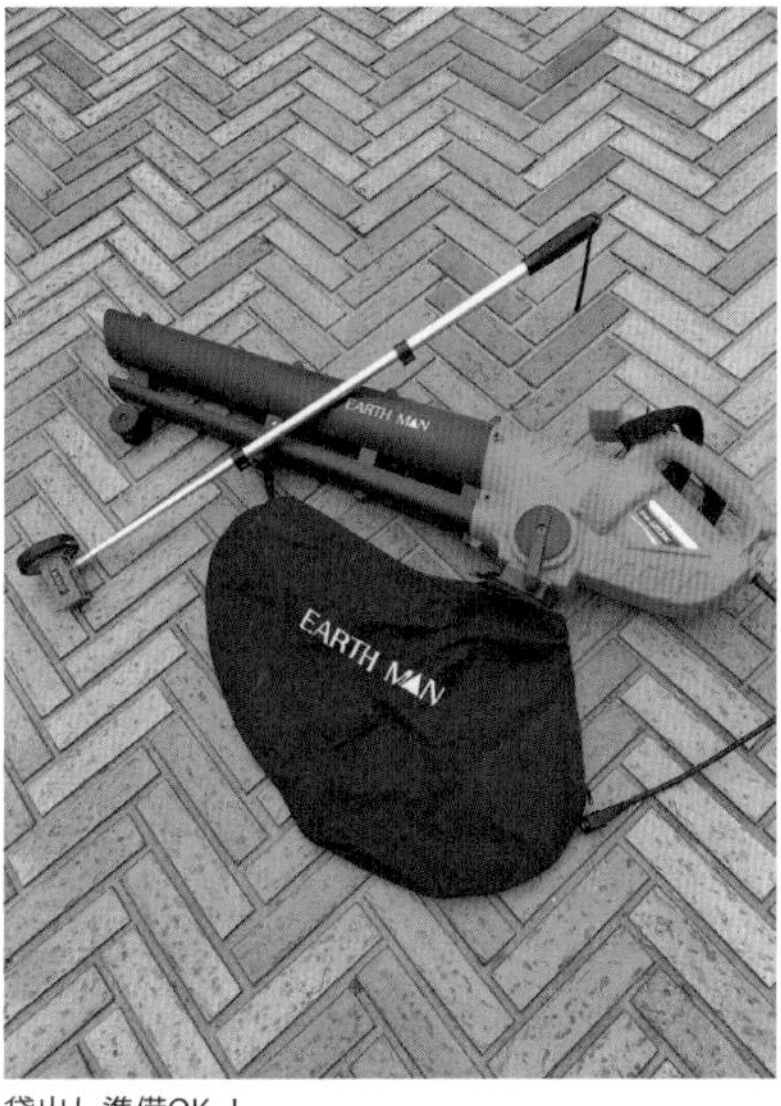

貸出し準備OK ！

鶏皮ブルース

ここのところ、鶏肉を食べることが増えた気がする。「年を取ったら肉を食べたほうがいいらしい」とはいうものの、元々いわゆるお肉が食べられない私は、タンパク質といえば、大豆製品などに代表される植物性ばかり。動物性は、魚から取っている。しかしそれでは、やっぱり少ないと主治医の先生に言われたこともあり、努めてお肉をと思うのだが、受けつけないのだから仕方がない。

スーパーで扱う三大肉といえば、牛・豚・鶏であるけれど、私は豚・牛・鶏の順で食べられない。豚が入っている料理は全部×。牛肉は、料理に入っていても除けてしまえば他は食べられる。鶏肉は、沢山は無理だけど少しなら肉そのものも食べられるようになった。脂の違いなのか、まったく不思議なものだ。しかし、どうしても食べられないのが鶏皮。鶏皮……どうして君はイボイボなんだい？デュルンとしていて気持ち悪いじゃないか。そう、本当ならコラーゲンたっぷりで、焼鳥屋さんでも皮だけを焼いた「皮串」があるくらいだから、食べたら相当いいんだと思う。でも無理！絶対無理！

学生時代、学校の文化祭の出店で、焼鳥屋が出たことがある。各店舗の店主のお手伝いを生徒がするのだが、私は最終日の本当に最後の時間枠のお手伝いをした。売れ残った焼鳥をおじさんが私たちにふるまってくれたのはいいけれど、見事に皮串のみ。「美味いだろう」というおじさんに精一杯の笑顔で応えた…られたかは定かではない。

春から初夏へ

春は生き物が土の中から出てきたり、植物がにょきにょき芽を出したり、何かが始まりそうなワクワクする季節。体が活気づいているせいか、普通でもおいしく感じる食べ物が、更においしく感じるから不思議だ。そんな春に必ず食べたくなる一品が『いかなごの釘煮』である。

関東出身の方にはなじみが薄いかもしれない『いかなごの釘煮』。関西では驚くほど有名な佃煮で、二月から三月にいかなご（関東ではこうなごと呼ぶ）漁が解禁されると、スーパーにはいかなごセットなるものが並ぶ。保存用タッパーに、しょうゆやザラメなどの調味料、大きな鍋など、作るのに必要な品物だ。この光景を見ると「ああもう春が来るんだ」と感じる。この釘煮は、お店で買うというよりそれぞれの家庭で作られて、それを必ずと言っていいほどおすそ分けするのだ。私も関西にいた時にいろんなところから頂いたけれど、各家庭の味があって面白い。甘いのや醤油っぽい味様々だ。今年、関西の方から沢山の釘煮を送っていただいた。作っていただいた方をそのまま表すような、優しくて繊細な味。佃煮だから一回に沢山食べてはだめだと思うのに箸が止まらない。そこで心を鬼にして小分けにして冷凍することにした。こうすれば長く味わうことができる。大好きな春の味を少しずつ、少しずつ……。マズイ、秋までもたせるはずが、初夏も越えそうにない……。

初めての……

何事にも、始めがある。今回の私の「始め」はＤＩＹだ。ＤＩＹとは、しろうとが何かを自分で作ったり修繕したりすること。英語のDo It Yourself の略語で、自分でやるという事だ。昔でいうところの、日曜大工といったところだろうか。

そもそも私はそんなに器用でもなく、やるべきことはやるけれど、どちらかといえば面倒くさがり屋なので、避けて通れることはできれば避けたい。そんな私が漬物石くらい重い腰をどっこいしょとあげて、人生初のＤＩＹに挑戦したのは、我が家の洗面所の壁紙がかびてしまったからだ。

母は業者に頼んで張り替えたらと言う。けれど、家族が使うことがほとんどの場所にそんなにお金をかけなくても、というのが私の意見。でも汚いのはやっぱり気分が悪い。そこで私がやればいいんだ！と一念発起。もし失敗したら業者に頼むという保険付き。俄然やる気が出てきた。いそいそとネットショッピングで必要なものを揃え、初めてなので初心者でも大丈夫そうなパネルタイプを選んで、いざ開始！　こつこつコンセントの部分の穴をあけたり、手すりを除けたりして作業すること二時間半。「は～できた」初めてのＤＩＹ。

にしては、納得のいく出来映え。やるじゃゃん、私。嬉しくなって、お友達に写真をメールした。「へーすごいじゃない。手すりつけたの？」しまった、この子うちの壁紙を見たことなかったんだった。違うのよ。手すりじゃないの。壁紙なのよ～!!

my
shot
Ⅲ

息子が作った人生初の尾頭付き退院祝い膳。
膝の手術で入院していた私への贈り物。

相性が悪い？

私は昔から、電化製品と相性が悪いらしい。必ず新品を購入するのだが、不思議とすぐに壊れてしまう。無理な使い方をしているわけでもなく、ちゃんと説明書を読んで使っているのに、なぜか動かなくなってしまう。そのたびに「なんで？」とはてなマークが頭上を飛び交うことになるのだ。

例えば洗濯機。全自動洗濯乾燥機を手に入れて、ホクホク顔の私。乾燥までやってくれるから、汚れ物と洗剤を放り込んでスイッチを入れるだけでいいなんてあ～楽ちん！ ところが、一ヶ月もたたないある日「ピーッピーッ」とエラー音が鳴り、止まってしまった。修理の人に来てもらうと、「基盤の不具合」とかで修理交換。やれやれ、と思っていたら、しばらくして新聞広告に洗濯機のリコールが載っている。よく見たら、私の買った機種も含まれている。慌てて連絡をしたら、すぐに修理の人がやってきた。「すみません、またで……」そう、前回と同じ人が来てくれた。そして、「お買い上げいただいて間もないので、機種交換させていただきます」と新品の物に総取り替えとなった。良かったのか悪かったのか……。時期同じくして、携帯の機種変更をした。新しい機能を覚えるべくいじっていると、いきなり画面が真っ暗に。オーマイガッ！やっぱり私は電化製品に縁がない。

よく考えてみると、息子の電動玩具、すぐ動かなくなったな。もしかして、私が買ったから？　電気の神様、お助けを〜！

誰かに似ている？

この広い世界の中に、自分に似た顔の人が（同じ顔と言う説も）三人いるという。確かによくテレビに出てくる「そっくりさん」の中には「え〜?!そうかなあ」と疑いたくなる人もいるけれど、びっくりするほど似ている人もいる。それが、同じ日本人ならまだしも、外国の人だったりするから本当に驚きだ。

先日、友達数人とご飯を食べている時、私の正面に座った男性が、ものすごく誰かに似ている。誰だろう……。彼が笑って上を向いた瞬間、閃いた！「オバマ元大統領！」失礼ながら思わず叫んでしまった。そうしたら、「それ、よく言われるんだよな。でも、もっと言われるのが『オバマ元大統領のものまねをしている芸人のノッチ』なんだ」と教えてくれた。あ〜確かに。ほら、これでもうすでに二人似ている人が見つかった。この調子でいくと、この人三人どころかもっと見つかるかもしれない。日本人離れした顔立ちってことになるんだろうか?

かくいう私は、「○○さんに似てるね」と他人と似ていると言われたことがほとんどない。言われるとすれば、「お父様にそっくりですね〜」で、これ、ある意味至極あたりまえのことなんだけれど。娘は父親に、息子は母親に似るといわれているしね。

唯一似ているといわれたのが、昔、取引先の人に「僕がなじみにしているスナックのあけみちゃん」。って、誰ですかそれ!人間だけど、女性だけど知らなさすぎて、なんだか怖い。そしてまた別の機会には「オコジョ」と言われた。もはや人間じゃないし、動物だし、もう笑ってごまかすしかない。

そして、私が誰かに似ていると常々気になっていた男性が一人。アイネット株式会社のY氏。ここへきて、ようやくその謎が解けた。でも私の「スナックのあけみちゃん」並みに嬉しくないだろう。だって、腹話術の人形太郎君。それをものすごくダンディーにして、ひげを生やした感じ。ああ、どんなに良くいっても似てる相手は人形。きっと笑ってごまかされるに違いない。

文房具屋さんはいずこに

「あらあ、お久しぶりです」

街中で声をかけられた。失礼ながら誰だかちょっとわからない。「〇〇堂です」あ～！思い出した、文房具屋さん！　お年を召されたのもあるけど、制服じゃなかったから余計にわからなかった。懐かしいな、あの文房具屋さん。思い返せば、いつも閉店ギリギリに翌日学校へ持って行く半紙を買いに飛び込んだり、画用紙を買いに行ったりしたっけ。狭い店内に所狭しと品物が置いてあって、〇〇が欲しいというと、すぐに出てくる。小さな私にはそれが不思議で、「おばちゃんすごいね」と言ったら、「そりゃ、大体覚えているよ」とこともなげに言っていたおばちゃん。思い出したらおセンチな気持ちになった。

そういえば、今、いわゆる文房具屋さんってあるんだろうか。大手スーパーの中とか本屋さんの一部とかにはあるし、東急ハンズとかロフトのような生活雑貨を扱うお店にはあるけれど、個人商店を見なくなった。なんだかちょっとさみしい。声をかけてくれた文房具屋さんでは、文具のほかに十円ガムとかの駄菓子や、アイドルの写真なんかも置いていて、おばちゃんとやり取りしながらお小遣いで買うのも楽しかった。今の子ってそういうの知らないんだよね。なんだかもったいない。

家の近所を車で走っていたら、こじゃれたお店を見つけた。その佇まいから、てっきりカフェだと思ったら、なんと文房具屋さん！　あった！趣は違えど私が入り浸る日も近い。

保湿剤と母心

私の机の上には、顔用・手用・足メインだが体用と各種様々な保湿クリームが置いてある。冬場はどうしても手洗いをする回数が増えるし、手のひらはガサガサ、指先は切れるわ、むけるわで痛いにも程がある。顔や体も乾燥で粉がふいたようになったり、唇が切れたり。そこでジャジャーン!保湿クリームの登場となるのだ。いつでも思い立った時に塗ることができるように手の届くところに置いてある。そして、春になったからと言って安心はできない。荒れた肌に花粉が付くとそこから体内に花粉が入り込み花粉症になりやすくなると聞いたことがあるし、油断は禁物だ。

保湿クリームにもいろいろあって、ワセリンのような油性の物もあれば、肌につけるとさらっと水のように軽いつけ心地の物もある。塗る場所と荒れ具合によって使い分けているわけだが、「新製品」に弱い私。香りを試したりしてあれやこれやと買ってしまう。

息子が「なんか僕の腟が乾燥して粉がふいてるみたいだ。お母さんのクリーム貸して」と言う。腟毛があるからべたっとしたものより水っぽいほうが浸透してくれるかもと思いながら、「これいい香りよ」と選んだ一本を渡した。しばらくして息子、「いい香りって言ったけど、僕がつけるとなんか青臭いよ」と言ってきた。どれどれ？「！」香りより、そのとぐろを巻いたように濡れた腟毛に、ショックを隠せない母なのだった……。

my
shot
Ⅳ

庭に遊びに来た、地域によっては準絶滅危惧種になっている黒カナブン。
ようこそ、我が家へ。

あったかい笑顔

「よおぅ、けいちゃん！」

良く通る声で、そのおじ様は私のことをそう呼んでくださる。背も高く、すらっとしていて、今でこそお年を感じさせはするものの、青年期はさぞや格好良かっただろうと思われる風貌。いつも笑顔を絶やさないその姿は、ちょっと硬派な映画俳優みたい。

そのおじ様、昔はちょっと怖かったらしい。「怖かった」と言ったって、意味が違う。バッリバリの刑事だったのだ。退職されてからだいぶたっているせいか、元々柔和なお顔なのか、まったく信じられないけれど、間違いなく刑事。その片鱗を見つけようと頑張って探すとしたら、立派なガタイの良さ、だろうか。

私の父は推理作家だから、刑事さんには妙な親近感がある。作品の中には、かっこいいと思う刑事さんも出てくる。私にとっては憧れの職業だ。できるなら私もやってみたかった。頭脳も運動能力も長けていないのは重々承知。訓練にもきっとついていかれないに違いない。でも事件を解決するのは、やっぱりかっこいい。

そのおじ様の魅力の一つは、誰にでも気さくに話しかけ、かっかっかと豪快に笑うところだ。実際、私が「息子に日本酒の味と飲み方を教えてくれる人がいない」とポロリと言うと、「お〜それなら二十歳になったら僕とお酒を飲もうな」と気軽にその役を買って出てくださり、息子の手をぎゅっと握るといつものかっかっか！　息子は大喜び。

「ワインは映画監督の羽仁進先生が教えてくださるというし、日本酒はおじちゃまかぁ！」いや〜、これはちょっとまずったか？高級&大酒飲みになる未来しか見えてこない。だって、そもそもワインは高いし、体育会系の人って豪快なお酒の飲み方するっていうし……。

それでも「よおぅっ、けいちゃん」とあったかい笑顔で挨拶をしてもらうと、すべてが大丈夫に思えてしまう。笑顔には何とも不思議なパワーがあるに違いない。

ケサランパサラン

『ケサランパサラン』って知っている？　皆さん、一度は聞いたことのある言葉なのではないだろうか。

ケサランパサランは、調べてみると一九七〇年代に広く知れ渡った民間伝承の謎の生物物体で、古くは江戸時代から知られていたようだ。

一九七〇年代と言えば、ちょうど私が生まれてから幼稚園くらいまでの間で、私のいた幼稚園でも育てている子が園に持ってきていたことがある。育てているというだけで、ヒーロー・ヒロイン。みんなから熱い羨望のまなざしを向けられており、もちろん私もその視線を送る中の一人。みんなで寄ってたかって「見せて見せて！」と大騒ぎ。先生に「静かにしましょう」と言われても、なかなか静まらなかったほどだ。考えてみると、当時よく怒られなかったな。今だったら「みんなに自慢になるようなものは持ってこない」ということで、持ってきた子も騒いだ子も怒られたはず。それに、ケサランパサランは〈幸せを運ぶ〉と言われているけれど、一年に二回以上姿を見るとその効力が失われるともいわれていたのに、あんなに寄ってたかってみんなが見て大丈夫だったんだろうか。なんて、大人になった私は考えてしまうが、丸くて白くてふわふわしたものが大好きな当時の私にとっては、触ってみたくてたまらない魅惑の物体だった。

このケサランパサラン、穴の開いた桐の箱の中で飼育することができ、エサはおしろいなんだそうだ。穴が無いと窒息して死んでしまい、また、エサのおしろいは香料や着色料の含まれていないものが好ましいとされている。なんとも繊細な謎の物体である。

桐の箱に純粋なおしろい……。伝承の始まりが江戸時代なら、深窓のお姫様のお楽しみだったものが密やかに伝えられたのかもしれない。そう考えると、また不思議な魅力を感じずにはいられないのだ。

my
shot
V

なんておしゃれなマーマレード。
私たちもこうなりたい……庭の夏ミカンのつぶやき。

田阪リカさんお手製のジャム

ありがとうホウ酸水

小鍋にちょっぴりの水。傍らに脱脂綿と割りばし。小さいときダイニングテーブルの上によく置いてあった三点セット。

「お父さん、これなあに?」

「ん?目を洗う道具だよ。お薬だから触らないでね」

父はそういうと、おもむろに脱脂綿を鍋に入れて中の水に浸し、目を何度もぬぐっていた。

それが、ホウ酸水だとわかったのは、もう少し大きくなってからのこと。その時は、ただの水なのにお薬なんて言って、変なお父さんと思っていた。でも、何か特別なことをしているようで、うらやましい気持ちもあったのだ。いつか、お父さんみたいにやってみたいと思っていた私に、その時はやってきた。

「なんか目がゴロゴロする〜」

と母に訴えていたら、父が
「ホウ酸水で洗ってみたらどうだ。よしお父さんが作ってやろう」

きた〜!でた〜!ホウ酸水だ! 父のそばでじっと見ていると、小鍋に水を入れ、薬箱から粉を出してさらさらっと入れた。それを火にかけて割りばしでくるくる混ぜて溶かしている。実験みたいで面白い! 火からおろして冷めるのをじっと待つ。

「啓子、いいよ。脱脂綿で目を拭いてごらん」父の合図とともに私はドキドキしながら脱脂綿を目にあてる。水が目に入っても痛くない。しみないし、逆に効いてるのかわからないくらい。何度かやると、ゴロゴロしなくなった。目の中のごみが取れたんだねと、にっこり父が笑って満足そう。ありがとうホウ酸水。

大きくなって、コンタクトのお世話になる今、目がゴロゴロするとホウ酸水を思い出すけれど、準備が面倒でやることはなかった。しかしつい最近、薬局でホウ酸水の点眼薬を見つけて、「これよっ」と飛びついた。使ってみたいとワクワクしていたら、息子が目のゴロゴロ感を訴えてきた。なんとタイムリーな! したり顔で、ホウ酸水について語りながら、目を洗ってやると「母さん、ちょと流しすぎじゃない?」とクレームが。あ、ごめん、押さえていたティッシュがべちゃべちゃだ。ついついやりすぎた!でも、また思い出を、ありがとうホウ酸水。

クイズ超難問②

なんの花でしょう。・・・正解は117ページ

魅惑のポップコーンバケット

家に持って帰っても、きっと埃をかぶっちゃうだけ。次回持ってくれれば、ポップコーンだけ安く買うことができるけれど、結局持って行かずにまた新しいのを買ってしまう。かわいいけれど、高い。そう、それがポップコーンバケット。

ダメだってわかっているのに遊園地に行くたびに買ってしまう。「私はポップコーンだけ買う」と自分に言い聞かせながら列に並んだはずなのに、買った後には、あら不思議。首にはおいしいポップコーンがいっぱい入ったバケットがぶら下がっている。

やってしまった……。だって、かわいかったんだもん。新しいデザインだったんだもん。ポップコーンをボリボリ食べながら、誰に聞かせるわけでもなく言い訳をして、バケットを眺めてニマニマしている。結局のところ、その魅力に完敗なわけだ。

遊園地側もわかってるね～、マニアの気持ち。しかも、売っているポップコーンの味によって、売っているバケットの種類も違うのだ。憎い、ニクイね。だって、買っちゃうもの、いろんな味食べたいし。そうして、結局どんどん溜まっていくことになるのだ。

ところが、ある時からピタリと増えなくなった。そう、コロナ禍になってからだ。この二年、どこにも行かず、ただひたすら家族の健康と感染収束を願って過ごしている。あのバケットが増える日々が懐かしいと同時に、自由で平和だったんだなあと思う。二十二歳になる息子もどこにも行かないので、せめて好きなガンダムの像だけでも見せてやりたいと、感染対策をして送り出した。現地から送られてくる写真には、楽しく過ごしている姿。私まで楽しくなる。夕方、ガシャン！門の閉まる音がしたので迎えに出ると、息子の満足そうな顔が。と、その下を見て笑ってしまった。あったよ、バケット！プラスチック製と布製の二つもぶら下がっている！　お土産だよと言って渡されたそれは、我が家に幸せを運んでくれたようだった。

地方新聞の行方

コロナウイルスが蔓延してからというもの、すっかりネットオーダーに頼る生活になってしまった。全国津々浦々、買えないものは無いと思ってしまうほど、いろんなものが売られている。

先日お気に入りのサイトを見ていたら、大分県のお店で酵素シロップを売っているところを見つけた。プチ健康マニアの私としては気になるラインナップ。店舗にいるわけではないから、人の目を気にせずじっくり吟味できるのもネットのいいところ。ゆっくり選んでから、気になる品物を、ポチポチ、ポチッと、はい、完了！　うっかりするとあっという間に予算オーバーしてしまう手軽さ。危ないアブナイ……。

数日たって、

「お届け物でーす」

来た来た。今回は菊芋とヤーコンの酵素シロップ二本だ。箱を開けて、私は思わずニンマリ。中の緩衝材に使われていたのが新聞紙だったからだ。これ、私の楽しみの一つ。いそいそと箱の中から新聞紙にくるまれたビンを取り出し、丁寧に新聞紙を剝がす。そして冷蔵庫へ。それから箱の中の丸められた新聞紙を一枚一枚しわを伸ばしながら広げていく。ほらやっぱり！緩衝材になっていたのは、大分の新聞！　地方の個人店で買うと時々こういうことがある。私はこれを読むのが大好き。面白くてたまらないのだ。

地方独特の構成で、首都圏では載らないような記事が載っている。今回の新聞だって、「大分合同新聞」社名もびっくり。何？どこと合同してるの？なんて突っ込みたくなる。特に気になったのは子ども向けの記事であろう「疫病退散と日本人」。ね？こんな面白い記事なかなか載らないよ？しかも見開きで！　カラーのその記事は、わかりやすくて思わず読み込んでしまった。たかが緩衝材。お店はエコと予算削減だったかもしれないけれど、私にとっては値段以上の買い物だった。

ちょっとそれって……！

私には二つの謎がある。ひとつ目は、酸っぱい梅干しを食べると、必ず右目が閉じてしまうこと。自分の意に反して、絶対ウィンクしてしまうのだ。もし、私にドラマ出演の依頼がきて、しかもウィンクをしまくる役だったとしても、心配ご無用！梅干しさえあれば、いつどこで、どんな時でも監督のＯＫがもらえること請け合い。でも、そんなことはありえないので、お蕎麦屋さんで「冷やし梅干しうどん」をすすっている時とか、家で炊き立てごはんに梅干しをのせて、誰にかまうことなく大口を開けてほおばっている時とかに、ウィンクしまくり、せいぜい息子の失笑を買うのがオチなのだ。

もうひとつが、強いお酒を飲むと、ひと口目で絶対くしゃみをすること。これ、本当に不思議なんだな〜。全部というわけではなく、特にワイン、それも赤ワインの時にそうなるのである。もともと私はそんなに飲むほうではないし、強くもない。強《し》いて言うなら白ワインが好きという程度。お付き合いでいただくので、お酒の種類に特段のこだわりがあるわけでもない。だから、いろいろ飲んでみた結果、ということになる。乾杯して笑顔で飲むひと口目、まさかハクション大魔王にとりつかれている？某局の「チコちゃん」にお手紙出してみようかしら……。考えていたら、見つけてしまった。ウチの父、朝食後のゼリーに混ぜた粉薬を飲むと必ずくしゃみをしている！服薬ゼリーは毎食後の事だから、きっと朝食後にだけ飲む薬の中にハクション大魔王がいるのだ。すると

「けほっけほ、けほっけほ」

あ〜、お母さんむせてるな。

「けほっけほ……ハハックッション！」

いた！ここにもハクション大魔王！　そう、母はむせた最後は絶対くしゃみで締めくくるのだ。なんでむせているのに、最後がくしゃみ？ちょっとそれって……！　私だけの謎ではなくて家族の謎だったのだ！

ポインセチアの思惑

ふわ〜！ほへ〜！なんとまあ！見事なポインセチア。こんなの見たことがない。我が家は花屋か？それとも、こじゃれたカフェ？

クリスマス前に素敵な俳優の夏樹陽子さんから、我が家に一般家庭ではみたこともないほど大きなポインセチアが届いた。近所のお花屋さんにだって無いよ、この大きさ。例えるなら、プードルとトイプードルほどの違い。松と盆栽の松……あ、これは言い過ぎか。とにかく立派。お世話どうやるの？どうするの、これ。我が家の植物担当の母に聞いてみると、

「難しいのよね〜、これ。私、昔三日で枯らしたことあるわ」

って、え？三日？それはいくらなんでも言い過ぎでしょ。とは思ったものの、切り花を三ヶ月近くきれいにもたせる母ですら、枯らしたのだ。サボテンを枯らす実績を

持つ私にできるはずもない。パソコンの検索サイトと首っ引きになって、うんうん悩んでいる私を見て「いいわよ、無理しなくて。私も枯らしたんだから」と母が気遣ってくれる。いやいや、くださった方に申し訳ない。家に来てくれたポインセチアにも栽培農家さんにも申し訳ない。大体「私だって枯らしたんだから」って、お母さんに負けたくない。二代目植物係を自負する私。ここで枯らしては女が廃る！よし、目指せ一週間。志……低すぎ？

思い切って発売元の花屋さんに電話して、お手入れ方法を丁寧に教えていただく。意外にも水やりにはそんなに気を使わなくても大丈夫そう。ただ、葉が非常にデリケートで、ちょっと当たっただけで傷つき、傷んでしまうことがわかった。大雑把な私には難題。水を垂らしてしまった葉っぱは、すでに白い水玉模様になっている。ごめんね〜、ポインセチア。それからというもの、ちょこちょこ観察。水をやりすぎないようにしたり、時には声をかけたりして、私なりにいつくしんだ結果、もうすぐ一ヶ月。やりました！目標を超えて、ポインセチア、今もそれなりにきれいです。

my
shot
Ⅵ

ドウダンツツジの木からひょっこり！

「ど〜も〜！紫蘇で〜す！」

これよ！この味、この一杯！
～懐かしのお店～

「これを食べるなら、ココ」と決めたお店はいくつかある。「今日はこれが食べたいから、このお店に行こう」と思ってお店に行き、お休みだった時の悲しさったらない。口はすっかりそれを食べるつもりになっているのに。だからって違うお店に行って食べても、味が違うからその悲しさは埋められない。お休みですらこの悲しみなのに、閉店となったらさあ大変。お気に入りの味がもう食べられないのだ。

そんな悲しみに見舞われた私のお気に入りのラーメン店。空っぽの店先を通るたびに、「あ～あのラーメン食べたいな」とシュンとなり、他店のラーメンを食べては「やっぱりあの味が好きだな」と思ったり。たまたま乗ったタクシーで話したら、「そのラーメン店の味に限りなく近いよ」とお店を教えてくれて、わざわざ息子と連れ立って食べに行ったこともあった。でも、やっぱり満足できない。特に息子のラーメン好きは、そのお店で培ったものだから、もっと納得できず、余計に食べたさを募らせていた。

そんなある日、またお店の前を通るとラーメンの提灯が下がっている。「あ～またラーメン屋さんになったのかぁ……えっ⁉」と思わず店名を二度見。『千客萬来』そこには、思い出の店名が！慌てて中を覗いてみると、いつもの店長の顔。大きく手を振ると、にこやかに店外へ出てきてくれた。

「元気だった？　息子さん大きくなったでしょう。お父さんもお元気？」

また懐かしい笑顔に出会えたことに嬉しくなった。しばし懐かしく会話が弾み、私は思い切って持ち帰りができないか尋ねてみた。父もここのラーメンが大好きで通っていたから、食べさせてあげたい。コロナ禍で外出がままならないけれど、みんなで懐かしい味を食べたいと思ったのだ。店長さんの快諾を得て、後日容器を持ってくるねと約束をして別れた。どんな容器にしよう、どこで買えるんだろう……今度は私の容器探しの旅が始まった。

これよ！この味、この一杯！
～容器を探せ！～

世の中に、使い捨て容器はいっぱいある。出前館を使うと、そのお店のメニューに合わせて、ぴったりの容器で運んできてくれる。私も息子の遠足の時など、一〇〇均に行って料理の腕をカバーしてくれそうな、かわいい容器を探しては使っていた。

今回探しているのは、ラーメン容器。こんなのどこで買えばいいの？　母は出前館でもってきてくれた容器の再利用を提案。息子が「それなら〇高屋のがしっかりしているからいいんじゃない」と盛り上がっている。アンタ単に〇高屋のを食べたいだけでしょう、と突っ込みながら、調理といえば合羽橋？いやいやここはネットの力を！

検索してみると、出てくる出てくる。逆に何を基準に選べばいいのかわからないくらい出てきた。あのお店のパックはこれかも、あのお店のパックはきっとこれね。あ、こんな入れ物がある。私だったらこれ使うな。なんて、ラーメンの容器をすっかり忘れて楽しんでしまった。

で、肝心のラーメン容器。注文できる最小個数は五十個からで、それがひと単位なのはどこも同じ。必要なのは、蓋・中皿・丼の三点。基本はバラ売りで、好きな組み合わせで買うことができる。もちろんセットもあって、私はセットを買うことにした。一番迷ったのが、丼の大きさ。「大は小を兼ねる」というけれど、置き場所を考えてもそんなに大きなものは遠慮したい。「90・120・150」の表記があるけれど、これって単位はなに？わからないままとりあえず90をポチッとな。

届いたセットは、意外に小さめ。これなら、150でも良かったのかも。だけどこの中にあの食べたかったラーメンが入るのかと思うと妙にウキウキ、ニンマリ。容器眺めて笑う自分が怖い。

容器を買ってから数日後、パソコンの画面に違和感を覚えた。いつもだったら、おすすめの広告は洋服や靴、名産品などなのに、今日は妙に黒っぽい。で、気が付いた。広告の欄がすべて容器の広告。黒の弁当箱で埋め尽くされていたのだ。私にお弁当屋さんでもやれと言わんばかりの画面に、ひっくり返って笑ってしまった。

これよ！この味、この一杯！
～思い出の味～

「今日のお昼はラーメン」と決めた日、私はウキウキしながら例のお店へ向かう準備をはじめた。いそいそとあの購入した容器を出し、家の物置に行く。溜めてある紙袋の中から、底が広くラーメン容器が四つ入りそうなものを選ぶ。「おっ！いいのがあった」ケーキを買ったときにもらったそれは、ちょうどいい大きさ。うまいこと四つ重ねずに入れることができる。だけど、いかんせん底が柔らかそう。今はいいけど、スープが入ったら重さでひしゃげちゃいそうだな。捨てるようにまとめておいた段ボールの中から、適当な厚さのものを取り出し、底の形に合わせて切る。お～、ぴったり！凄いじゃん、私。あれ？私ってここまでラーメン好きだったっけ？ いつになく浮かれている自分にびっくりしながら、

「ラーメン買いに行くよ！」

私の雄たけびにも似た呼びかけに
「準備できてるよ！」

息子も大きな声で答える。いた、ココにも浮かれている人が。

お店について容器を渡すと、店長さんも本当に容器持参で来たことを喜んでくれた。

待つこと十分。私の用意した容器に、懐かしの一杯が出来上がった。家族全員分の期待の重みを感じながら、急いで帰宅。手洗いうがいを超特急で済ませ
「いっただっきまーす！」

スープをゴクン、麺をちゅるっ。これよ、この味！澄んだスープはスッキリとしていて、しつこさがない。麺は、ちょっとスープを吸ってしまったけれど、あ〜、これが食べたかったんだよね。胸に広がる思いを噛みしめながら隣を見ると、一心不乱にラーメンを口に運ぶ息子の姿が。「おいしい？」なんて聞くのは野暮よね。視線を感じたのか顔をあげて、笑顔でひと言。

「前よりおいしい！」

良かった、容器を買ったかいがありました。あと、少なくとも四十六杯持って帰れます。

すいか・スイカ・西瓜！
～息子とスイカ～

夏前の、ちょっと路地ものが出るにはまだ早い母の誕生日に、無類のスイカ好きの母に贈ったお高めスイカを食べながら、

「この種撒いたらスイカできるかなあ」

とつぶやいた息子。「撒いてごらんよ。できるわよ」と母に後押しされて、いそいそと庭に撒きに行った。母曰く、昔、家を建築中に大工さんのおやつにと出したスイカ。大工さんが種を「ぷぷっ」と庭に吐き出したらしく、その後スイカが生えてきたそうだ。しかもしっかりと大きく甘いスイカになったらしい。

これは期待が持てそう！　撒いた場所がわからなくならないように札をたて、撒いた息子よりも私の方がドキドキしながら、毎日見守ること数日。出た～！出ました小さな芽！かわいいったらありゃしない。そうか、双葉は丸っこいのね。あのギザギザ

した葉は、そのあと出てくるのか。知っているようで知らないことだらけ。実際に育ててみると本当に勉強になる。つい息子より真剣に蔓をどこに這わせるか、肥料は何をやればいいのかを考えてしまう。

うちに油かすはあるけど……、やっぱり野菜用の肥料がいいかも。せっかく出てきた芽だもの、大きくしたい。思い立ったが吉日。ホームセンターに行くことにした。

「すみません。庭にスイカの種を撒いたら芽が出たので、肥料が欲しいんです。どんなのがいいんでしょう?」と店員さんに尋ねると、アレコレ更に話を聞いてくれて、用途別にお勧めしてくれた。

「あ〜良かった。いろいろわかって。初めての経験ですし、せっかく息子がチャレンジしたんで、何とか大きくしたいんです」

「いいですね、お庭でなんて。息子さんも夏休みのいい経験になりますね」

うん?もしかしてこの方息子が小さいと思ってる?もしかして夏休みの自由研究とか?

「本当にねえ。でもうちの子大学生なんで、自分でやってくれるんですけど、つい私の方が夢中になってしまって」

さりげなく言ってみたら、その店員さん一瞬目が大きく見開いて息をのんだ。そうよね〜そうですよね。でも、おっと！復活早し！

「いいですね！成長されてもご一緒に楽しめるなんて。美味しいスイカができるといいですね」

ありがとうございます、店員さん。持ち直し早かったですね〜。さすがです。

帰宅して息子に、「それって私が若く見られたってことよね」と嬉々として話をしていたら、母が「私みたいに遅い子持ちってこともあるじゃない」と一言。お母さん、そりゃないわ。乙女心は永遠です！

すいか・スイカ・西瓜！
～灰色猫ちゃんと母～

我が家の庭に、黄色い花が咲いた。そう、スイカの花。息子の撒いたスイカの種は、順調に成長して蔓をするすると伸ばし、きれいな花を咲かせたのだ。

花が咲いたら、期待するのはやっぱり「実」だ。本当につくのだろうか。なんだか思ったより茎や蔓が小さい。テレビで見る農家さんのものとは違う。「そりゃそうよ、完全に熟している実からとった種ではないし、手入れが行き届いてるとはいえ庭の片隅だもの」と言い訳しながら「頑張るのよ、大きくなるのよ」と花に話しかける。それを聞いたかどうだか花の根元が膨らんできた。いったん膨らみ始めると、早い。日を追うごとにスイカらしくなっていく。私たちの期待を一身に背負ったスイカは二

つ。ちょうど門から玄関までの通り道にあるそれは、縁側からもよく見ることができ、家族だけでなく、宅配便のお兄さんをはじめ、家に来る人の注目の的だった。

スイカの直径が十センチくらいになったころだろうか。私が縁側から「今日もスイカは元気ね」とながめて楽しんでいると、スイカに注がれる熱い視線に気が付いた。あたりを見回すと、遠くにちいちゃな灰色の毛玉が。猫だ。子猫だ。かわいい！って違う違う。まさかスイカを狙ってる？　匂いだってしないし、違うよね……。ともかく「うちは猫アレルギーの息子がいるから、来ちゃだめよ」と声をかけるとサッといなくなった。翌日、気が付くとまたあの子猫が。今度はだいぶスイカに近いところにちょこんと座っている。いやいやダメでしょと声をかける。また翌日、昨日より更に近いところに。まさに「だるまさんが転んだ状態」とでもいおうか。面白いくらいに毎日少しずつ距離を詰めてくる。これやっぱり狙ってるよね。食べたいのか、丸いから遊びたいのか。まあどっちにしてもだめだけど。最後にはスイカにすぐ飛びかかれるくらいの近い岩の上にいた。これはさすがにまずい。猫ちゃんにはかわいそうだけど、ネットをかけることにした。これで諦めてくれるかな。翌日、庭で「ごふっ！」

とも「グチャ！」っとも言えない変な音がした。慌てて飛び出してみると、スイカが見事に潰れている。あっちゃ～、猫ちゃんにやられたか。違った、濡れ衣だ。ごめんね猫ちゃん。スイカに飛びかかったのは、母の膝！こけた母の膝をスイカが受け止めてくれたのだ。ありがとう、スイカ。おかげで母は無傷。その後食べたスイカは、まだ小さいしぐちゃぐちゃだったけど、思いのほか甘かった。

母の膝を受け止めたスイカの勇姿

知らないにもほどが……！

我が家は、「家族そろってなんでも楽しむ」という父の考えから、遊びはトランプやすごろく、しりとり、ジェスチャークイズなど、家族全員参加で盛り上がることが多かった。子どもだからと言って手加減せず、真剣勝負。年齢なんか関係ない。とはいえ、最後はやっぱり「お父さんすご～い」で終わることが多い。

『我が家のクイズ王』に出てきた「海狸」もそうだ。私も兄も母も読めない漢字。父の顔を見ると、サラッと「ビーバー」と読んだ。「え～！」と兄と声をそろえて異を唱えて答えを見ると、正解。父の目がきらりと光る。

私に子どもが生まれても、この「みんなで一緒に楽しむ」ことは続いていて、息子が二十歳を超えた今でも食後やおやつの時には、クイズをして遊ぶ。もっとも今では、母の（私も?!）頭の体操を兼ねていて、出題者は息子。クイズのサイトを見て出題することもあれば、その場で即興のクイズをすることもある。

「それでは問題です。このポテトチップスには四つの幸せ素材が入っています。それはなんでしょう?」

ポテチの袋をみながら、息子が出題。私と母がヒントを出してもらいながら真剣に考える。四つのうち三つまではすんなり答えることができた。残るは一つ。これが難しい。息子も私たちがわかるようにヒントをひねり出す。

「そういえば、野球にもこんな言葉があるよ」

ボール、ヒット、ベース。母と口々に関連する言葉を口にするが、

「あのさ、食べるものだからね」

と言われる始末。いや〜わからないわ。降参して答えを聞いてみると、「パセリ」だという。なんで野球？　と思って尋ねると
「パセリーグって言わない?」

あ〜!パ・リーグとセ・リーグか!パセリーグとは言わないよ。だけど、妙に納得して笑い転げてしまった。

my shot Ⅶ

なんだかわからないけど、ミニトマトに「毛」生えました。
《ピクミン》の襲来?!

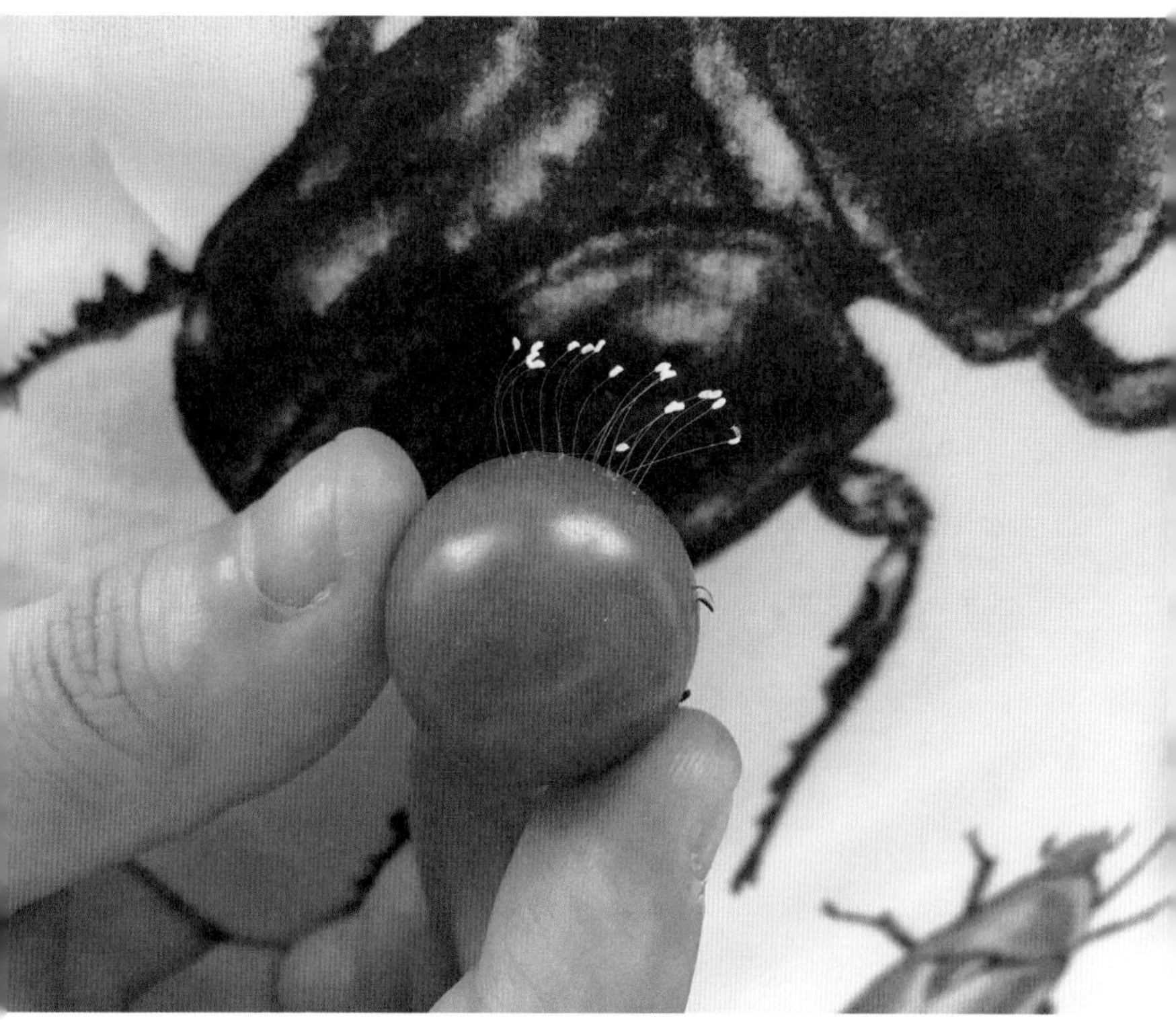

想像してみてごらん

もう十年以上も前のこと。小学校の先生をしていた友人が、私たち家族がひと夏を過ごしている軽井沢に遊びに来て

「いいなぁ、○○君は。真っ暗闇を知っているから、『モチモチの木』（斎藤隆介／作）を読んでも理解できるもんね」というのだ。○○君というのは、私の息子。確かに彼は赤ちゃんの時から軽井沢に来ているから、街灯の全くない所をよく知っている。人のいなくなった別荘地なんて、本当に真っ暗。目の前の木立ですら、不気味な生き物に見えてしまうことだってある。その友人が言うには、「都会の、街灯が常にあるところで育っている子どもたちは、本当の意味での暗闇を知る子が少ない。だから、あの本の世界観などを説明して理解させるのに、とても頭を悩ませる」のだそう。

私も息子も『モチモチの木』のお話が大好きで、何度も二人で読んだ。夜、懐中電灯を持って一緒に歩きながら「豆太がお医者様を呼びに走ったのは、こんな夜だったのかな」なんて話すことも。だからよもや、「真っ暗闇がわからない」なんてことがあるなんて、思ってもみなかった。でも、よく考えてみれば、確かに都会では真っ暗を探すほうが難しく、治安のことから言っても真っ暗闇があることは適切ではないと思う。それに、絵本に出てくるような大木を探すことも難しいだろう。経験は想像を更に豊かにしてくれるので、とても残念な気持ちになった。

今はコロナ禍で、キャンプが大流行。子どもたちが自然に触れ合う機会が格段に増えていると思う。大人と連れ立って、ぜひ暗闇で空を見上げてほしい。そしてテントに戻って本を広げて、みんなで語り合ってもらいたい。そこには無限の想像力が働いて、本の世界を更に楽しめることだろう。

小さかった息子は二十歳を超えた。夜道を一緒に歩けば、「母さんそそっかしいんだから、つまずかないでよね」。あ、違う方向に想像力働かせちゃってる!

初恋はだれ?

初恋ほど、あいまいで不確かなものはない、と私は思う。だけど、皆その存在にドキドキ・ふわふわしてしまう不思議なもの。大きくいってしまえば、ある意味人生を彩る魔法の言葉だ。特に女性の、どの年代も「恋バナ」には目がない。

よく初恋を表す言葉として、「レモン」「カルピス」「甘酸っぱい」などと言われる。けれど、レモンも甘酸っぱいものだし、下手したら酸っぱくて嫌な感じさえする。カルピスに至っては、企業に踊らされている感満載。的確に表すことは難しい。自分のことを振り返ってみても、どうだったか〝これ〟という決め手がない。今思い返してみても、幼稚園の時、おうちから持ってくるはずの雑巾を忘れて泣いていた、ちょっとカッコよかったA君だったか、中学生の時に受け持ってくれた塾の先生だったか……やっぱりあいまいだ。

ちょうど小学六年生の頃、友人と学校帰りにそんな話になり、「うちのお母さんたちはどうだったんだろう」と聞いた事がある。

「お母さんの初恋っていつ？」

「お父さんよ」

当たり前のように言う。うわあ、お母さんってお父さん一筋なんだあ。小学生の私は素直にそう思った。後から考えると、「本当かな」とも思うけれど、なぜか母の場合は本当なんだと納得できてしまうから不思議だ。それくらい、母には父以外の男性の影がない。

「お父さんはいつか知ってる？」

「仲間の集まりの時に、幼稚園の先生と言っていたのを聞いた事があるわよ。最初はみんなそうなんだよなと周りの皆さんも盛り上がっていたわね」

と言う。そうか、お父さんは幼稚園の先生なんだ。そういえば、私の担任だった先生も男子に大人気だったもんね。

そんな話を母としたとはすっかり忘れた頃。中学進学の親子面接で、好きな本を一冊あげなければいけないことがあった。先生に突っ込んだ質問をされないために、できるだけみんなが読んだことのない本にしたい。どの本にしようか相談した私に、父は一冊の本を手渡してくれた。高垣眸《ひとみ》著『豹《ジャガー》の眼』である。

「これはね、お父さんが小さい時に夢中になって読んだ本なんだ。啓子はお父さんに似たところがあるから、きっと気にいると思うよ」

〈空は真っ暗だった〉から始まるその物語は、父の言った通り私の心を捉え、一気に高垣ワールドへ。ジンギスカンが遺した財宝のありかを解くカギは、三つの秘宝。それらをめぐる冒険活劇だ。ワクワクした気持ちをそのままに親子面接に臨むことになった。

「齊藤さんの好きな本は……『豹の眼』ですね。先生は読んだことがないのだけれど、どんなお話ですか？」

キタ！ここぞとばかりに意気揚々と話す私。他のことはどうだったかわからないが、この本のことに関しての質問には、ちゃんと答えられたはず。思惑通りたいして突っ込まれなかった。

面接からしばらくたって、父がついっとそばに来ると
「啓子、お母さんと初恋について話していただろう?」

なんだ?と思って父の顔をじっと見ると、続けて
「お父さんの初恋の人は、この前渡した本の中にいるよ」

と言うではないか。えっ?!誰誰??本棚から引っ張り出してきてページをめくる。誰だろう、だってこの本冒険ものだし。父の手が本に伸び一枚の挿絵を指さした。

「この、錦華だよ。」

物語のヒロイン?美少女錦華だよ、面食いだなあ。父の秘密を一つ知って嬉しくなった。

つい最近、もう一度読みたくなって手に取った。まじまじと例の挿絵を見ていると、この錦華、どこかで見たような面立ち。そうか!お母さんの若い頃の写真だ!なんだかこっ恥ずかしい。得も言われぬむずがゆい気持ちに襲われた。ふと表紙に目をやると、表紙のバックの色は黄色と少しの赤。カラー診断でいうところの「初恋の色」。やっぱりこの本には〝初恋〟が詰まっている。

my
shot
Ⅷ

カラスのランデブー。
愛はいずこも共通。

作家と鬼軍曹とラジオ体操と

作家の体はみんなこんなに硬いのか……、それとも、私の父が特別なのか……、まさか作家の方々にアンケートを取るわけにもいかず、目下私の悩みの種である。

事の発端は、父の最近の腰の具合を診てもらおうと思って、近所の整形外科を気軽に受診したことにある。

そこの先生とは初対面だったので、父の職業が作家であるという事をご存じなく、私は逆に客観的な忌憚ない診断をいただけると思い、楽しみにしていた。そうしたらどうだろう、父を診察した先生の第一声。

「硬いですね～!!」

あれ?! 予想と反する反応！なんだこれは！

「いや～僕、こんなに体の硬い人初めて診ました。なにをやったら、こんなに硬くなるんですかね?」

うーん、たぶん作家?っていうか、私が知りたいのはそういうことではなくて……。じりじりしながら先生の次の言葉を待った。

「何がどう悪いという事ではなく、まず、この体の硬さを解消してから、また来てください」

ええっ!そんなことアリ? とりあえず、悪いところが無さそうなのは良かったけれど、私にどうしろっていうんだろう? しょうがないので、月一回体調管理のために通っている主治医の先生に相談。その病院で行っている、マッサージや軽い体操のリハビリに通うことになった。

元来母以外の人には絶対体を触らせない父であったが、健康の為と私に強引に説き伏せられて、それでも最初は「触られたところが痛い」だの「なんかだるい」だの言いながら通っていた。そのうちにマッサージの気持ちよさを知ったのか、嫌がらずに通うようになってくれた。

半年ぐらいたった診察の日。先生の「どうですか、リハビリは。順調ですか」との問いに、父が「ええ、娘がついていますから」と答え、同席していた私はなんとも面はゆい心持ちだった。そんな私の耳に飛び込んできた
「そうですね。鬼軍曹がついているから心配ないですね」

という先生のお言葉。……うん？鬼軍曹？今先生鬼軍曹っておっしゃった？　まさか、まさかと思うけど、それって私の事？　やだっ、なんてこと、お父さん早く訂正してよ。せめて、鬼コーチとか。隣を見ると、父は「そうなんですよ」なんてにこにこしながら相槌を打っている。レディのはずが鬼軍曹確定。さっきの面はゆい気持ちなんて、遠い雲の彼方へ飛んで行ってしまった。

鬼軍曹かぁ。よし、どうせ鬼軍曹の称号をもらったのだから、私もお父さんのためにひと肌脱ごう。そう思って、健康雑誌や健康バラエティ番組を研究。私と時々ウォーキングもやってるし、バランスの良い食事も母が気を付けている……。そして、行き着いた答えが「ラジオ体操」だった。これなら、天候に左右されることもない。曲さえあれば、道具もいらない。なによりみんなが知っている国民的体操だ。

早速、曲をダウンロードして父とやってみた。ところが、計算外の出来事が。父が

あの速さについていけないのだ。ついていこうとするとものすごくいい加減なやり方になってしまう。それではまったく意味がないので、改めて曲を探したところ、某バレエダンサーがラジオ体操をバレエ風にアレンジしたＤＶＤを見つけた。このテンポがドンピシャで、ゆっくり体操をしたい皆様にお勧めしたいくらいだ。まあ、鬼軍曹としては、もっとテキパキやりたいものだが仕方がない。

これで父の体に柔軟性が戻ってくるかはわからないけれど、この体操、改めてやってみると本当に理にかなっていてすばらしい。朝晩二回ずつの鬼軍曹の号令にも自然と力が入る。

父の作家人生の中で、今ほど体操をしていることはないと思うと、楽しくて仕方がない。

遺言から結言へ

『つねに《もうひと工夫》を』

この言葉は、昨年の鶴岡八幡宮で行われたぼんぼり祭に父が揮毫した言葉だ。ここ数年、ぼんぼりを作成する頃になると、父は決まって私に「今年はどんな言葉が良いか」と問うてくる。私に宿題を出すのだ。私は毎年必死になって考え、父にインタビューをして言葉を引き出してみたり、昔父が話した記事を引っ張り出してきたり。

昨年は、コロナ禍で家から殆ど出なかったため、人生の中で一番家族と一緒に過ごすことになった。特に耳が遠くなった父には、私の声が一番聞き取りやすいので、常に側にいて、新聞を読み感想を述べあったり、今までになく濃密な時間を過ごしている。

その中で問われた『今年の言葉』。考えていくうちに、私は一冊の本の存在を思い出した。

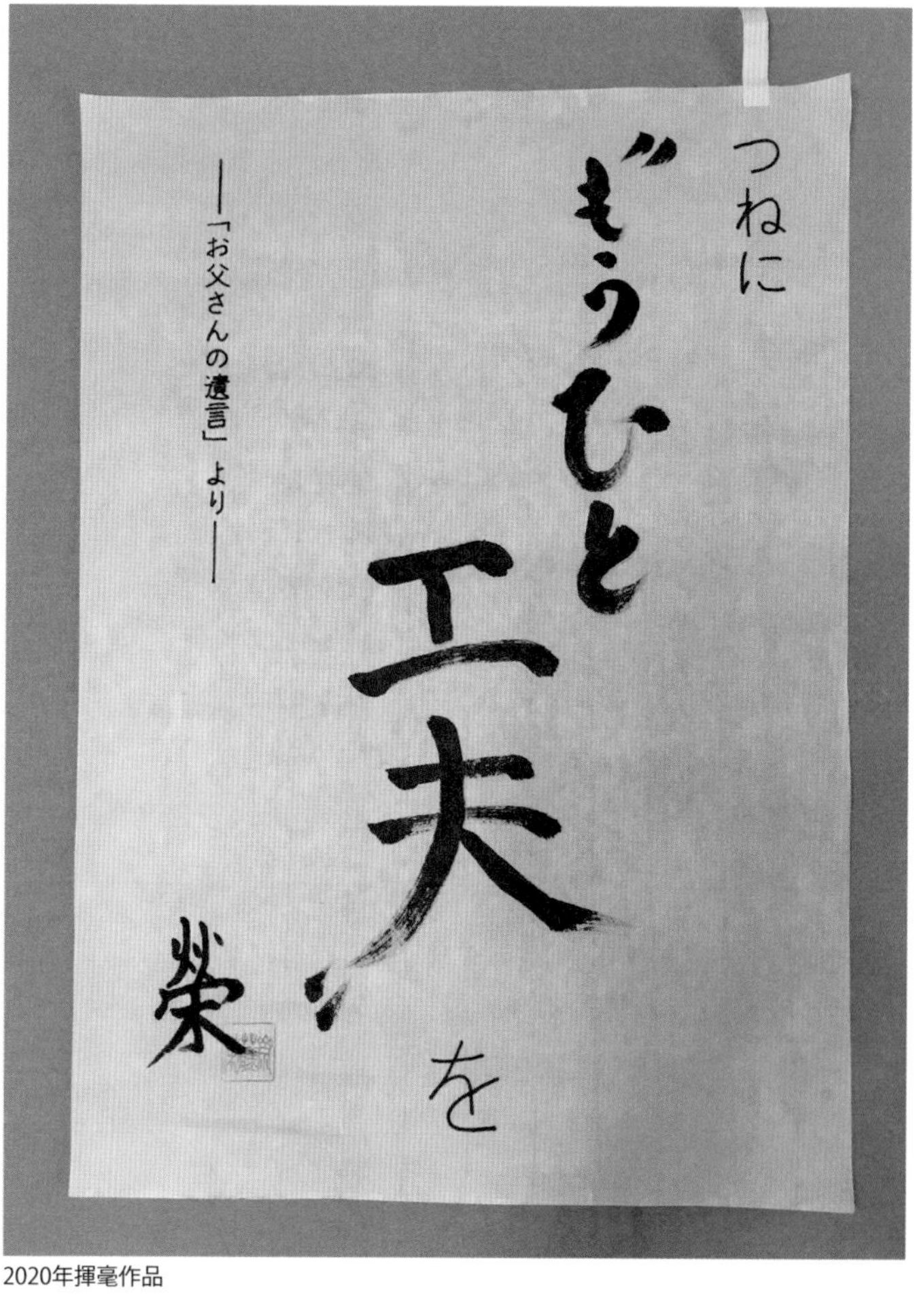

2020年揮毫作品

その名も『お父さんの遺言』。これはのちに『父親からわが子に贈る七〇の言葉』と改題されているが、私は遺言という言葉が悲しくて未だに読んでいない。けれど、今回はこの本の中にヒントがあるに違いないと手に取ってみることにした。すると目次の一番最初の言葉がドーン！と目に飛び込んできた。『つねにもうひと工夫を心がけよ』。これよ！これこれ！コロナで何もできないとクサクサしているのではなく、工夫する。それも、もうひと工夫！　父に勢い込んで話をすると、私の瞳をじっと見てそれからにっこりと笑い、「それにしよう」と一言。私は父の真意がくみ取れたような気がして、夏休みの宿題を終えた子どものように小躍りしてしまった。

《遺言》と書けば故人が死後の為に遺した言葉となり、そこに悲しみが付きまとうが、私はこれを父と娘の絆を結ぶ《結言》とし、大事にしていこうと心に決めた。

父娘の理容室

コロナ禍で、家での私の役割はいろいろ増えた。その中で、最も技術のいることは、美容師と理容師に変身することだ。

外出する機会を減らすために始めたことではあるが、これがなかなか難しい。母はいつも二カ月に一回パーマと髪染めに行くのだが、その間数回リタッチの作業で根本だけ染めてあげていた。でも、コロナの大波の時は、時間稼ぎのために根本だけでなく全体を染めなければならない。ただ塗ればいいというものではなく、染料の量だったり分け目のつけ方によって、仕上がりが違ってくるので難しい。でも、まあ母の場合は染めるだけだから失敗してもさほど問題ではない。

これが、父の場合はどうだろう。失敗?!とんでもない!だってカットだもの、もろに目立つ。よみがえる思い出。小さい頃、お風呂場で母にカットしてもらった前髪。

そう、オン・ザ・眉毛。あー、ドキドキする。今ではグラビア撮影もないし、家にいるだけ。だけど失敗したら、毎日自分の失敗と向き合わなくちゃいけなくなる！

ネットでバリカンとカット用ハサミとケープを購入。ユーチューブで理容師さんのカット方法動画もチェック。もう何十年もホテルの理容室で熟練の方にカットしていただいて、帰りにはランチをして、なんて優雅な時を過ごしていたのに、ごめんね〜お父さん私で。

いつも私にはニッコリ父さんのはずが、娘の人生初カットの椅子に座る父は、作家の顔の時より厳しく緊張の面持ち。う〜私も緊張してきた。「えいや！」と始めたカットタイムは思いのほか順調に進み、予習バンザイ！私、イケるわ！ここの襟足もう少し短くしようっと。と欲を出したらザリッ!!はぅ！やっちゃった。隠し切れない穴。お父さん、後ろで見えないから許して。父が「油断大敵火がぼうぼう」とそそっかしい幼い私に言っていたことを思い出した。

人生初カットから約三年。父が納得するくらいまで、腕、上げました。

人生初カット記念ショット
笑顔がすべてをカバー?!

私の一冊　斎藤栄著『真夜中の意匠』

初めて書いた。父の本の解説を。この私が解説……。最初に出版社の方からお話をいただいた時、嬉しいような困ったような複雑な気持ちだった。だって、解説。その本の印象を決めてしまいかねない、表紙に次いで重要なポジション。どうしたものかと、隣に座っている父の顔をふっとみると、笑いながら
「娘に解説を書いてもらえる日が来るとは、嬉しいね」
と一言。それで、よしやってみよう！となったのである。
本のタイトルは『真夜中の意匠』。初版は五十一年前の作品だ。まずは家の書庫に行き、今まで発行された本を掘り出すことから始めた。ありがたいことに、人気の作品は何度も再版される。そのたびに解説はついていることになる。当然この本もそうであり、何人もの方々が、各方面からアプローチして書いて下さっている。そのプ

レッシャーにドキドキしながら、本を手に取った。

高校時代に読んで以来、久しぶりに開いた本。手前みそながら、面白い。その不思議な魅力にぐんぐん引き込まれていき、本来なら「解説を書く」ということを念頭に置いて読まなければいけないのかもしれないところを、一ファンとして一気に読んでしまった。

子ども時代に読んだ時の感想と、大人になってからの感想が違うことは十分承知。でも、その成長の中で、世の中がこんなに機械化、ハイテク化されると誰が想像しただろうか。一九六七年に初版のこの本は、まさにアナログ。二〇〇〇年生まれの私の息子にとっては「もしも携帯が無かったら。もしもパソコンが無かったら」という世界の話。でも、それがいいのだ。そのアナログこそがこの本の不思議な魅力となっているのである。

人間が持つ最高のハイテク機能である頭脳。それをフル回転させ、一つ一つの事柄を積み上げながら追い詰める刑事とその手から逃げる犯人。アナログ時代に読んだ子どもの私とハイテクな機器の力を借りて今の時代を生きる私の感想が、当然のことながら、しかし、すごく違うことに新鮮な驚きを覚えた。そして何より自分がどれほど機械に頼って生きているか、本来発揮されるべき能力を使わなくなってしまったかを、考えさせられることになった。

今回ファンの方々の熱い要望によって、新装版となった『真夜中の意匠』だが、私に解説を書くという経験を与えてくれただけでなく、大げさかもしれないけれど、「故きを温ねて新しきを知る」ということも教えてくれたような気がしてならない。

本書は「健康あいネット」（アイネット株式会社発行）、「鎌倉ペンクラブ会報」、「文藝家協会ニュース」（日本文藝家協会発行 令和五年一月号№八二六）に掲載した原稿を加筆・訂正し一冊にしたものです。

クイズ超難問の正解
①38ページ　アロエ
②69ページ　蘇鉄

あとがき

初めての出版から七年がたちました。この七年間は私にとって、いつにもまして密度が濃く、「え?!まだ七年しかたっていないの?」というのが正直な感想です。

平成から令和に元号が変わり、話題提供係の息子が成人して、ついでに大学も卒業して社会人に。母親の私にとっては、すごく大きな変化でした。大きな災害も何度も起こり、新型コロナウイルスというワケの分らない病気に怯えました。どんな占いでも必ず「楽天家」と言われる私ですら、ネガティブモード全開の時もありました。

そんな中で、私が常に心掛けていたことは、「笑顔になる言葉を使う」ということです。初めての本のあとがきにも書いたように、言葉には魔法の力があります。同じ事柄を表す時にも、できるだけ自分が楽しくなるような言葉を口にすると、自分だけでなく自分の周りまで明るくなると思うのです。

この本は、アイネット株式会社発行の冊子に連載させていただいたものやその他掲載されたものと、新たなエッセイも加えて構成していますが、コロナ禍での辛い体験などは一切出てきません。ですから、どうぞ言葉の魔法にかかって、「あははと笑ってうふふと微笑んで」ください。そして青空に手を伸ばして深呼吸してみてください。きっと楽しくなってきます。

ほら！また一つ嬉しいお知らせが。「あったかい笑顔」のおじ様、木村雅和さんが瑞寶雙光章を受章されたそう。皆様にも幸せが伝播しますように。

この本を上梓するにあたり大変お世話になりました、かまくら春秋社代表・伊藤玄二郎さん、担当編集者・田中愛子さんに御礼申し上げます。そして、今回も私の本を盛り立ててくださるイラストレーターの田阪リカさん、応援団の両親と話題提供係の息子に、両手で抱えきれないほどの愛を。そしてそして、この本を手に取ってくださった読者の皆様に心からの感謝を送ります……。

令和六年五月

斎藤　啓子

斎藤啓子（さいとう・けいこ）

エッセイスト。横浜市出身。宝塚歌劇団出版編集部にて定期出版物のほか、企画物や写真集などに携わる。その後、劇団四季編集部を経て、エッセイストとして活動。軽井沢新聞社発行「軽井沢ヴィネット」などに執筆。日本文藝家協会会員。鎌倉ペンクラブ常任幹事。

田阪リカ（たさか・りか）

イラストレーター。大阪市出身。日常をテーマに、和紙・刺繍・イラストを組み合わせた、ミクストメディアアートを製作、国内外で発表。『PHP』『軽井沢ヴィネット』をはじめ雑誌の挿絵、イベントや施設のポスター制作など多方面で活動している。

青空の雲をつかんでみたら

著　者　斎藤啓子

発行者　伊藤玄二郎

発行所　かまくら春秋社
鎌倉市小町二―一四―七
電話〇四六七（二五）二八六四

印刷所　ケイアール

令和六年六月十日　発行

ISBN978-4-7740-0899-8 C0095